LE

TOCSIN.

1769.

AVERTISSEMENT

CE petit ouvrage a déja paru imprimé à Rome, tout à fait défiguré & fourmillant de fautes; on le donne ici plus correct. L'auteur a balancé s'il en retrancheroit certaines anecdotes assez importantes pour donner lieu de supposer qu'elles pouvoient lui avoir été confiées dans la conversation;

sation; mais ceux qui le connoîtront, seront assez persuadés que si elles eussent été dans ce cas, il ne les eût pas publiées. Il n'est pas moins vrai qu'il est étonnant qu'elles ont servi plus d'une fois de propos de table, & ont été entendues en diverses occasions dans des discours qui ne s'adressoient pas même à celui qui ne les rapporte qu'en gardant le ménagement de ne citer personne. On fait usage de ces anecdotes, parce qu'elles paroissent parfaitement propres à dévoiler l'esprit & le but de ceux qu'elles regardent.

LE TOCSIN.

CHRETIENS, de tout rang, de toutes Nations, un homme dont l'affection n'est point resserrée dans les bornes d'un seul Empire, s'empresse à vous donner un avis de la plus grande importance. Votre bonheur présent & à venir dépend de l'effet que fera sur vous ce que je vais vous dire. Lisez-le donc avec la dernière attention, faites-le lire à vos enfans, expliquez-le à vos domestiques; c'est la cause de chaque individu, elle ne doit être négligée par aucun de vous. Mais, je suis fâché de le dire, vous ne prenez pas assez de soin de distinguer vos amis d'avec vos ennemis, & vous ne faites pas assez de cas des avis que l'on vous donne.

Si l'on venoit dire au moindre de vous, qu'un traitre, reçu dans sa maison, & y jouissant de tous les avantages de l'hospitalité, cherche cependant à la miner & à la détruire, vous auriez d'abord peine à le croire ; & si vous trouviez que cela fût véritable, vous concevriez la plus vive horreur contre l'attentat d'un tel monstre, & vous le chasseriez sur le champ de chez vous. C'est pourtant ce que font tous les jours au milieu de vous un petit nombre de personnes, qui usurpent le titre spécieux de Philosophes, afin de mieux vous surprendre. Je vais lever le voile qui couvre leur hypocrisie, & vous faire voir le danger qu'il y a pour vous de les écouter.

On a toujours entendu par Philosophe, un homme vertueux & éclairé, qui ne songe ge qu'à communiquer aux autres sa sagesse & ses lumières; ami de l'ordre civil, soigneux de l'entretenir, & de ne jamais écrire, dire ou faire rien qui puisse le troubler. Tels étoient Pythagoras, Socrate & Platon; Tels étoient quelques-uns de ces Empereurs Romains qui ont honoré le trône & l'humanité, les Antonins, les Marcs Aurèles; tels étoient presque de nos jours, les Leibnitz, les Descartes, les Neutons; mais tels ne sont certainement point ces écrivains dont les ouvrages, d'autant plus dangereux qu'ils sont ingénieux & agréables, ne tendent qu'à sapper en ruines les fondemens de la Réligion Chrétienne, ce boulevart important de la morale: rempart sûr de la Société contre les entreprises des passions & de la licence.

J'ai peine à croire que nous soyons toujours assez fous, assez stupides pour ne pas nous appercevoir de la malice de ces ennemis du Genre-Humain, & de la confusion horrible où le jetteroit sa crédulité pour eux. Mais la rapidité des progrès qu'ils font, eſt bien propre à allarmer une ame ſenſible ſur les malheurs qui menacent ſes ſemblables.

Vous ſavez, mes amis, que la Réligion ſupplée beaucoup au défaut des loix, qui ne peuvent pas toujours avoir de priſe ſur les mœurs & les paſſions ; par exemple, les loix ne puniſſent pas la médiſance, l'ingratitude & l'envie, monſtres qui cauſent plus de déſordres parmi les hommes, que les vols & les brigandages. L'orgueil, l'ambition, l'avarice, ne ſont point ſubordonnés aux loix, & font voir la néceſſité d'une Réligion, qui parle vivement au cœur de l'homme, qui le contienne dans les bornes de la modération, l'excite à la pratique de ces vertus qui ſont le lien de la ſociété, & lui promette une récompenſe que la ſociété ne lui donne pas. Mais ſi les efforts réitérés de nos philoſophes modernes réuſſiſſent en partie ; s'ils s'ils viennent à bout de diminuer en vous votre attachement à la Réligion, voici ce qui en arrivera.

La plus grande partie de vous n'ayant plus le frein qui les retenoit, se livreront à leurs passions & à leur malice naturelle, & tant qu'ils croiront pouvoir se soustraire au châtiment infligé par les loix, ils chercheront à rendre leur condition meilleure aux depens de celle des autres. L'ingrat profitera de l'humeur facile de ses amis pour tirer d'eux les services qu'ils pourront lui rendre; le médisant déchirera son meilleur ami pour rendre sa conversation plus piquante; l'envieux ne mettra plus de bornes à la passion qui le ronge; l'ambitieux foulera aux pieds les considérations les plus sacrées; les crimes paroîtront légitimes, quand ils pourront être cachés; l'adultère deviendra un jeu; chacun se permettra les excès du vin, de l'amour désor-

déſordonné des femmes, quand il n'aura pas de loi intérieure qui le gouverne; la licence & les déſordres qui regnent dans les diſcours & les écrits de quelques-uns paſſeront dans les actions de tous, & malheur à ceux qui n'ayant point oppoſé de bonne-heure une digue au torrent de l'irréligion, ſe trouveront enveloppés dans le ravage qu'elle fera alors dans la Société.

Mais vous me direz qu'en dépit de la Réligion nous voyons déja tous les fâcheux accidens de la méchanceté & des paſſions des hommes; & c'eſt préciſement ce qui ſert à confirmer mes craintes. Vous ne diſconvenez pas que ceux qui ſont coupables de ces excès, n'ayent déja ſecoué le joug de la Réligion, & vous avouerez encore que ces excès peuvent augmenter tous les jours, à proportion des progrès que font ſes ennemis. Que feroit-ce donc, s'ils réuſſiſſoient à communiquer à tous les hommes

mes leur esprit d'indépendance ? car ne vous imaginez pas qu'ils songent à substituer un autre culte à celui qu'ils cherchent à détruire ; vous leur feriez trop d'honneur de leur attribuer une conduite aussi conséquente ; leur intention est de démolir , ils ne songent nullement à élever. Mais quelle fureur , direz-vous , quelle extravagance ! que gagneront ils à voir réussir leurs desseins ? Voici l'explication de cette conduite incompréhensible dans quelques hommes : chacun a ses passions & veut les satisfaire ; lorsqu'elles sont arrivées au point qui les rend criminelles envers la Réligion , cette loi céleste devient un joug insupportable pour eux , ils cherchent alors à s'y soustraire ; ils ferment les yeux pour ne pas voir cette lumière qui les étonne & les éblouit ; ils s'étourdissent sur des raisons qui les pourroient convaincre de leur absurdité , s'ils y faisoient attention , & arrivent presque au point

ed

de se croire persuadés d'avoir réussi à se dégager de ce qu'ils appellent entraves de la raison, préjugés, foiblesse de l'esprit humain. Afin de s'affermir encore davantage dans cette pensée, ils croyent nécessaire de fortifier leur parti par le plus grand nombre possible ; ils n'épargnent aucun soin, aucune peine pour arriver à ce but ; enfin vous ne pouvez imaginer jusqu'où va la passion d'un écrivain qui a résolu de se faire un nom ; s'il faut pour cela renoncer à toute autre considération, rien ne lui coûte. Celui qui annonce des opinions nouvelles en apparence, ou qui combat celles qui sont généralement reçues, se flatte de paroitre au-dessus du vulgaire ; & tel auteur qui ne peut se distinguer par sa sagesse ou par son génie, aime mieux étonner les esprits foibles par des opinions extraordinaires, que de rester dans la foule des esprits modérés & de bon sens, peu sensibles à cette vaine gloire. J'ai

J'ai de très bonnes raiſons de vous parler ainſi, perſonne n'eſt mieux inſtruit que moi des deſſeins de ces ennemis de la ſociété, de leurs complots, de leur haine, tantôt ſecrette, tantôt ouverte, contre la Réligion. J'ai voulu les connoître de près; je les ai étudiés dans leurs actions, dans leurs converſations; j'ai pénétré leurs motifs, leurs intentions. Je n'ai vu que petiteſſe dans la ſublimité apparente de leur maniere de penſer. J'ai vû qu'ils n'étoient forts que de notre foibleſſe; l'acharnement & l'emportement avec lequel ils ſe déchaînent dans leurs diſcours & leurs écrits, trahit ſans ceſſe leur cauſe; ils ſont outrés de dépit de voir les plus grands hommes reſpecter la Réligion; ils ſont confondus par la honte de ſe voir contraints, pour ſervir leurs inclinations, de combattre un culte dont la doctrine les condamne.

J'en connois un, plus retenu dans ſes

ses écrits, mais non moins zélé dans le discours. Je lui demandois un jour, si, supposant que la Réligion Chrétienne fût l'invention des hommes, il ne la croyoit pas le système le mieux raisonné qu'il y eût pour le bonheur du Genre-Humain? Il ne put pas se dispenser de me l'accorder; je continuai à lui demander s'il avoit un meilleur système à y substituer, en cas que ses efforts, combinés avec ceux des autres champions de l'irréligion, vinssent à réussir; non, me répondit-il, mais cet édifice venant à manquer, les hommes naturellement portés à se faire un culte, en érigeront bientôt un autre. „ Eh! lui dis-je, imprudent
„ que vous êtes, pourquoi donc prendre
„ tant de soin pour abattre un édifice
„ que vous croyez utile & solide, afin
„ de nous donner la peine d'en élever
„ un autre dont vous ignorez quels seront
„ les avantages? & d'ailleurs où nous lo-
„ gerez vous dans l'intervalle? qui nous

dé-

„ défendra contre les injures de l'envie, „ de l'ingratitude & de toute cette co„ horte de vices qui ne tombent point „ sous la connoissance des loix, & con„ tre qui la Religion seule peut offrir quel„ que secours. „ Je vis que mon zélé deiste ne goutoit pas cette apostrophe, mais il n'eut rien à répondre à mon objection.

Il en est un autre qui n'est jamais d'accord avec lui même, inconséquent dans sa conduite autant que dans ses écrits, qui par les apparences d'une morale sévère & d'une vie cynique, autant que par des écrits remplis de chaleur, d'éloquence & de génie, a trouvé le moyen de remuer fortement les ames foibles & sensibles. Il a attaqué de la maniere la plus étrange le gouvernement & la religion du pays où il vivoit, dans un livre où entre autres choses il établissoit pour principe : „ que quiconque écrit „ contre la religion & les loix sous „ la protection desquelles il vit, est digne

de

,, de mort ,,. Il a avancé des paradoxes qui ne surprennent plus, depuis que l'on s'est apperçu que lui même en est un des plus grands. Il a fait des paralleles indécens entre le fondateur de la Réligion Chrétienne & le chef de la secte académique. Mais où l'a enfin conduit sa fausse philosophie? à lui faire allumer le flambeau de la discorde parmi ses concitoyens, bien éloigné en cela de suivre l'exemple de Socrate, lorsque ce philosophe avoit le plus grand sujet de se plaindre de sa patrie. Pour venger l'insulte faite à ses ouvrages, le philosophe moderne a mis sa patrie à deux doigts de sa ruine; Socrate au contraire ne voulut pas même accepter l'offre que ses amis lui faisoient de s'évader de sa prison pour éviter la mort, ,, afin, disoit-il, ,, de ne pas donner l'exemple de la déso- ,, béissance aux loix ,, . Celui-ci a néanmoins trouvé des amis qui l'ont plaint, des protecteurs qui l'ont accueilli dans

ses

ses disgraces, mais la philosophie dont il se pare, n'a pas empêché qu'il n'ait invectivé contre son bienfaiteur le plus déclaré, dans le tems qu'il avoit la générosité de lui procurer une pension d'un grand Roi, & il a fini par se sauver clandestinement de la maison d'un ami qui l'avoit reçu de la maniere la plus cordiale, quoiqu'il n'eût pas le moindre sujet de se plaindre de lui.

Un autre, que ses talens brillans & extraordinaires ont placé à la tête de la littérature, en a abusé de la maniere la plus inexcusable, pour faire à la société tout le mal qu'un individu puisse lui causer. Son acharnement contre la Réligion semble prendre de nouvelles forces à mesure que son corps & son jugement s'affoiblissent par l'âge. Possédant le stile le plus agréable avec le talent trop efficace de donner un tour ridicule aux choses les plus sérieuses & les plus sacrées, il est entré en lice; il a fait revivre les argu-

mens

mens de Porphire, de Celse, de Julien l'Apostat, & avec une fureur encor plus grande que celle de ces trois célèbres ennemis de la Réligion, il a juré hautement de dévouer tout ce qui lui reste de tems & d'esprit à la destruction d'un système si bien calculé pour le bonheur du Genre-Humain. Ses écrits, d'autant plus pernicieux qu'ils sont pleins de sel & d'agrémens, renferment le poison le plus dangereux qui puisse couler dans le cœur des hommes. Un esprit de déisme & de libertinage est le résultat de tout ce qu'il avance ; enfin un peuple gouverné par ses maximes ne pourroit jamais se flatter de former un état tranquille & durable. Jamais la Réligion Chrétienne n'a eu d'adversaire plus à craindre, parce que jamais homme ne l'a attaquée avec plus de constance, d'esprit & de subtilité. Tous ceux qui le lisent (ses partisans mêmes) trouvent cependant qu'il porte le déchaînement jusqu'à se rendre lui-même ridicule,

dicule, & ne peuvent comprendre quel intérêt si puissant le porte à tenter de renverser un établissement qui ne sert qu'à rendre les hommes meilleurs. Afin de donner une idée de l'ardeur qu'il ressent pour l'accomplissement de son entreprise, je rapporterai un trait que raconte un de ses amis. Cet ami, allant rendre visite à un grand prince de l'allemagne, passa par le lieu qu'habite notre antagoniste; celui-ci lui épancha son cœur, lui disant les larmes aux yeux : „ Il faut que je vous „ avoue ma douleur ; j'avois autrefois „ compté sur le prince que vous allez „ voir, pour la destruction de la Réli- „ gion Chrétienne, mais depuis qu'il est „ monté sur le trône, il s'est livré telle- „ ment à la politique, qu'il en néglige „ tout à fait la bonne cause „. Un autre m'a dit qu'un jour, après diner, il fit entrer ses domestiques tour-à-tour, leur demanda l'un après l'autre, s'ils étoient chrétiens, & donnant un verre de vin à ceux qui nioient qu'ils le fussent, il menaça de chasser le seul qui montra quelque difficulté à seconder son animosité à cet égard. Il y a dans ce procédé quelque chose de si indigne d'un sage, que dis-je! de si scandaleux & de si effréné, que tout porté que fût son convive à goûter ses opinions, il ne put s'empêcher d'en être extrêmement choqué. Cependant voilà les oracles que consultent tous les esprits-forts du siécle; c'est chez eux qu'ils puisent ces objections tant de fois réfutées, avec lesquelles ils vont ensuite pervertir l'esprit de quelques femmelettes qu'ils cherchent à séduire.

Il m'est en effet souvent arrivé de trouver une demi douzaine de jeunes étourdis s'entretenir sur les matieres les plus abstraites de métaphysique & de théologie, en se rappellant, tant bien que mal, les pitoyables argumens que leur avoit fourni quelque brochure de cet inconsidéré vieillard, qui semble avoir

hâte

hâte de les entasser sans nombre l'une sur l'autre, avant que la mort vienne mettre des bornes à ses outrages; enfin je n'aurois jamais fait, si je voulois vous détailler toutes les indécences que sa haine contre la Réligion lui fait commettre tous les jours. Mais n'est-il pas honteux que tant de personnes sensées puissent être entraînées par un bon mot, à renoncer au plus grand avantage dont les hommes puissent jouir? Seroit-il possible que tant de génies du premier ordre, qui ont soutenu la Réligion, fussent mis dans un côté de la balance, & que l'auteur de quelques drames & de quelques contes pour rire fît seul pancher la balance de l'autre côté? Mais non, faites bonne contenance, mes amis, vous avez la meilleure partie des grands hommes de l'Europe pour vous. Sans remonter jusqu'aux premiers siécles, & vous remettre devant les yeux les noms respectables des fondateurs & des défenseurs de la Réligion Chrétienne dans ces tems-là, jettez les yeux ſur les génies illuſtres qui ont brillé depuis un ſiécle ; vous les verrez non ſeulement honorer cette Réligion, mais encor travailler à la défendre. Les Neutons, les Leibnitz, bien au deſſus des demi-ſavans contre leſquels je voudrois vous mettre en garde, ont employé leur plume en ſa faveur. Locke, cet eſprit tranſcendant & juſte, a commenté quelques parties du livre où elle eſt enſeignée ; Boyle, Paſcal Boſſuet, Fenelon, Corneille, Racine, dont la réputation & les écrits effacent tellement ceux qui vous ſéduiſent, ont cru illuſtrer leurs talens en les faiſant ſervir à la défenſe de la Réligion.

Une objection mille fois rebattue par ces meſſieurs eſt la quantité d'abus répandus dans la Réligion. Il eſt vrai, il faut convenir qu'il y a de grands abus, mais de tems en tems il s'élève des réformateurs qui les corrigent ; d'ailleurs,

parce

parce qu'un malade aura besoin de l'aide d'un médecin pour purger ses humeurs, faudra-t'il qu'un fripon d'apothicaire, ou un charlatan, vienne, bongré malgré, lui faire avaler une livre de pilules mêlées de poison, & le fasse crever en dépit de la médecine ? Que diroit un de vous, si un chirurgien proposoit de lui couper le bras, pour le guérir d'une égratignure au doigt?

Pour moi, je l'avoue, si ces cancers de la Société continuent à faire leurs progrès mortels parmi nous, je vois tout à craindre du dérèglement que doit nécessairement introduire l'indifférence tant prêchée pour la Réligion. Car vous verrez, mes amis, que cet opiniâtre champion & ses satellites n'auront jamais de repos, qu'ils n'aient assuré notre ruine. Il a déjà séduit tous ceux dont les moeurs leur font souhaiter que tout ce qu'il dit soit vrai, ce qui fait une partie bien considérable du monde chrétien. Il écrit dans une langue universellement sçue, & met ses écrits à la portée de tout le monde. On se fait honneur de l'avoir lu, de savoir répéter ses railleries; il n'y a esprit si mince qui ne croye l'entendre, & ne veuille briller du faux éclat qu'il emprunte de ses livres pernicieux. On parle son langage aux tables, dans les assemblées, devant les enfans, les domestiques; le venin se répand par tout; la masse générale devient infectée, & la guerre, la peste, la famine n'ont jamais tant fait de mal à la Société que la plume de ce pernicieux écrivain en a causé & cause encor tous les jours.

Cependant, qui ne seroit révolté de l'impudence d'un homme qui ose donner un ridicule à ce que ses maîtres ont admis & respecté depuis tant de siécles? Je conviens que le peuple en général reçoit les opinions qui lui sont enseignées, sans les examiner; mais les grands noms

que

que j'ai déjà raportés, ne sont-ils pas une sanction suffisante contre la réputation de ce petit nombre de faux esprits qui vous étonne avec si peu de raison Tant de vrais sages de toutes nations, tant de profonds mathématiciens, de grands géomètres, de poëtes sublimes qui ont entrepris la défense de la Réligion Chrétienne, ne sont-ils pas d'assez grand poids pour contre-balancer dans votre esprit le faux éclat d'un poëte, ou d'un agréable prosateur ? ah ! il a raison de vous insulter, car il n'y a jamais eu d'exemple d'une déférence aussi servile que celle que lui paye ce siécle : Et Mahomet, Ali, Osman à la tête de leurs puissantes armées, n'ont jamais eu des succès aussi rapides pour établir leur Réligion, que notre antagoniste en a tous les jours dans son projet de détruire la nôtre. Il nous presse sans cesse de renoncer à cette doctrine, dont les effets sont si salutaires à l'ordre civil ; en vérité, il faut qu'il qu'il aye bien mauvaiſe opinion de notre entendement, pour nous imaginer aſſez ſimples que de l'écouter ! Dites-moi, comment recevriez-vous une telle propoſition de la part d'un philoſophe du Japon ou de la Chine ? ne les regarderiez-vous pas comme des extravagans qu'il faudroit faire enfermer, ou bien renvoyer par compaſſion chez eux. Cependant imaginez un chinois ou un japonois qui viendroient en Europe avec un tel deſſein ; il n'eſt pas douteux qu'ils vous parleroient à peu près le même langage ; les recevriez-vous avec la même patience & la même indulgence ? ne feriez vous pas portés à rire de leur folie ; ou, ſi l'indécence de leur conduite l'exigeoit, ne feriez-vous pas tentés de les châtier de leur inſolence ? pourquoi donc ce qui vous paroîtroit ridicule & blâmable dans les uns, vous amuſe & vous ſéduit-il dans les autres? quel droit ont ceux-ci de s'attendre à un meilleur traitement ?

Je

Je vous en conjure, mes amis, tenez ferme contre ces fléaux de la Société. Ce n'est point une trop grande présomption que d'être d'un avis différent de quelques uns de ces esprits-forts ; à tous leurs spécieux argumens opposez la raison de vos peres, & le bon sens héréditaire chez tous les hommes, & vous n'avez rien à appréhender.

Je m'adresse plus particulièrement à ceux que leur situation dans le monde expose tous les jours aux incursions de nos adversaires, & qui ont sans cesse les oreilles rebattues de leurs railleries effrontées sur l'affaire la plus sérieuse & la plus importante de la vie. Il est bon qu'ils sachent repousser en peu de mots les traits de leurs adversaires. Je voudrois leur conseiller premièrement de ne jamais engager sérieusement de dispute avec ces têtes folles & légères, qui pour débiter leurs mauvaises plaisanteries prennent toujours le tems où ils sont surs d'avoir

voir des rieurs de leur espèce de leur côté. Quand vous avez lieu de croire que celui qui vous attaque, n'apporte point dans la dispute les dispositions nécessaires pour en retirer des fruits, contentez-vous de mépriser intérieurement sa conduite, & si vous le pouvez avec décence, faites-le lui sentir, mais donnez-vous bien garde de répondre sérieusement à des bouffons qui ne cherchent qu'à vous exposer à la risée de leurs semblables par le tour de ridicule qu'ils s'étudient à donner à tout ce que vous dites dans cette occasion. Si vous croyez que votre dispute puisse servir à éclairer quelques esprits bien intentionnés qui se trouvent présens, engagez-vous y, à la bonne heure; & pour lors, ayez soin d'obliger votre antagoniste à se tenir rigoureusement au point en question. Ne souffrez jamais qu'il sorte de sa thèse & qu'il vous échappe à la faveur d'un bon mot, ou le plus souvent d'une froide plai-

plaisanterie. Partez avec lui d'un principe qu'il ne puisse vous nier, ramenez-le toujours à ce principe, aussi-tôt qu'il s'en écarte, & soyez sur qu'en suivant cette méthode, vous le couvrirez de confusion & dévoilerez aux yeux de tous l'absurdité de ses opinions ; & malheur à lui, s'il n'en est pas convaincu lui-même.

Pour vous donner une idée de la maniere dont vous devez repousser de telles incartades, il est bon que vous appreniez à connoître quelles sont les différentes espèces d'adversaires avec qui vous pouvez avoir à faire. On peut les diviser en trois classes : les athées ou matérialistes qui n'admettent qu'une substance dans l'Univers, laquelle ils appellent Dieu, dont toutes les parties du monde, les planetes, les hommes, les animaux & les plantes sont autant de différentes modifications ; les déistes qui admettent bien un Etre suprême, mais qui ne veulent pas qu'il ait créé le mon-

de,

de, encor moins que sa providence le gouverne, qui soutiennent que tout meurt avec nous & par conséquent qu'il n'y a point de peines & de récompenses après cette vie ; enfin les déistes propres qui admettent les mêmes attributs que nous lui accordons, reconnoissent l'immortalité de l'ame, les peines & les récompenses, mais qui ne veulent pas recevoir d'autres dogmes que ceux-ci.

Il est aisé de convaincre les premiers d'inconséquence, d'absurdité ou de mauvaise foi. Demandez-leur s'il peut y avoir des effets sans cause, je ne crois pas qu'ils osent soutenir l'affirmative ; mais en ce cas, quelle sera donc la cause de l'ordre admirable qui regne dans le monde? quelle sera la cause des êtres intelligens, si, comme ils le soutiennent, la matiere est la seule substance qui existe ? Eux qui rejettent les dogmes des chrétiens, parce qu'ils les trouvent incompréhensibles, comprennent-ils mieux comment la matiere subtilisée à un certain dégré, produira jamais des pensées & de la raison, & arrangée suivant une autre combinaison, ne sera que du métal & de la pierre? s'ils sont de bonne foi, ne conviendront-ils pas qu'il répugne à leur entendement de croire que ce qui pense en eux, est de la même substance qu'un bloc de marbre? Et s'ils s'obstinent à vous dire que dans toute l'éternité, la multiplicité infinie des combinaisons a enfin produit le monde dans l'ordre où nous le voyons, demandez-leur, en ce cas, pourquoi dans toute une éternité, le hazard n'a pas amené deux, ou plusieurs fois les mêmes situations, le même arrangement, ce dont on se seroit apperçu? Mais surtout persistez à les interroger sur la maniere dont ils entendent un ordre permanent déduit de mouvemens fortuits. Car enfin, ou de toute éternité il y a eu une intelligence qui s'est manifestée dans l'arrangement de l'Univers, & alors

ils

ils ſont obligés d'accorder une ſubſtance diſtincte de la matiere aveugle & paſſive, une premiere intelligence qui eſt Dieu Eſprit; ou bien, cet ordre que nous appercevons, a été le réſultat d'une infinité de combinaiſons des mouvemens de la matiere, & alors il aura été dans l'éternité un tems antécédent & préparatoire à ce réſultat, où il ne ſe trouvoit point cet ordre & cette intelligence que nous voyons regner à préſent dans le monde; en ce cas il faudroit qu'ils euſſent été produits ſans aucune cauſe ſuffiſante, ce qui ne peut s'avancer ſans aller contre l'axiome reçu. Si, pouſſé par ce raiſonnement, un athée ou matérialiſte vous avance que la ſubſtance univerſelle, ou la matiere, eſt en même tems la cauſe & l'effet, ne vous amuſez point à lui répondre, il eſt évidemment de mauvaiſe foi, & alors vous perdriez votre tems; ou bien il a perdu l'eſprit, & vous ſeriez plus fou que lui de lui tenir tête davantage.

Voulez-vous vous défendre contre les attaques des déistes, de ceux qui admettent bien un Etre suprême, mais qui ne veulent pas qu'il ait créé le monde, encor moins que la providence le gouverne ; qui soutiennent que tout meurt en nous, & que par conséquent il n'y a point de récompenses & de peines après cette vie ? Demandez-leur ce qu'ils entendent par un Etre suprême ; ils devront vous répondre qu'ils veulent signifier par cette expression, un Etre doué de toutes les perfections dont nous pouvons avoir l'idée, un Etre éternel, immense, indépendant, tout-puissant, infiniment sage, infiniment bon, enfin possédant toutes les qualités imaginables à un dégré de perfection que nous ne pouvons même concevoir. S'ils lui refusoient une de ces qualités, ils se contrediroient eux-mêmes, en ce que celui qu'ils appellent l'Etre suprême, ne le seroit certainement point, s'il lui manquoit quelque perfection ; mais si, ſuivant eux, cet Etre ſuprême n'avoit pas créé le monde, il faudroit donc que la matiere ſe fût créée elle même, ce qui eſt une abſurdité ; ou qu'elle eût exiſté de tout tems, en ce cas elle ſeroit éternelle & par conſéquent indépendante, & il y auroit alors deux éternels & deux indépendans, ce qui répugne : car ſi la matiere étoit indépendante de l'Etre ſuprême, il ne ſeroit plus tout-puiſſant, ce qui eſt contre la définition accordée ; outre cela, ſi la matiere étoit éternelle, elle exiſteroit néceſſairement ; ſi elle étoit néceſſaire, il n'y auroit point de raiſon pourquoi elle devroit exiſter dans un lieu plûtôt que dans un autre, elle exiſteroit donc néceſſairement partout, elle ſeroit néceſſairement infinie, & il y auroit alors deux infinis, ce qui eſt encor une autre abſurdité, une contradiction dans les termes. S'il réſulte donc tant de contradictions & d'abſurdités de l'hypothèſe de la matiere increéée, il s'enſuit qu'elle eſt fauſſe,

&

& que l'Etre ſupréme doit avoir créé le monde que nous voyons. Dieu, ou l'Etre ſuprême, ayant daigné créer le monde, il ne paroît pas indigne de lui de penſer qu'il le gouverne ; l'un eſt l'effet de ſa bonté, & l'autre de ſa ſageſſe infinie. Il connoît parfaitement ce monde qu'il a fait, & ce ſeroit blaſphémer que de dire qu'il lui en coûteroit à le conſerver & le gouverner. L'inertie de la matiere nous fait voir que le mouvement & les loix viennent de Dieu. Un corps n'ayant point en ſoi le mouvement, ni par conſéquent la direction & le dégré du mouvement, qui peuvent lui être imprimés, ne pourroit par lui-même ſe conſerver dans tous les états différens de direction & de vélocité, puiſqu'il eſt inactif dans ſon état naturel ; beaucoup moins pourroit-il tranſmettre ces qualités à d'autres corps en leur communiquant l'efficace du mouvement. Les plus grands philoſophes de tous les ſiécles ont reconnu que le mouvement ne pourroit durer dans un corps, ou être transmis de l'un à l'autre, s'il ne venoit d'une substance spirituelle pleine d'énergie, de vigueur & de vie. Ainsi donc, Dieu produit tout, meut tout, il a établi les loix de la nature, il connoit & gouverne tout ce qu'il a produit dans l'Univers ; il conserve tout par un concours continuel, & le dirige par l'efficace de sa volonté & par la pleine connoissance de son intelligence infinie. Nous devons penser que la même chose arrive à l'égard des actions & des mouvemens des substances qui sont au-dessus de la matiere, le Créateur ayant imprimé dans les substances qui lui ressemblent davantage, un instinct qui les porte à chercher ce qui peut les rendre heureuses, & à se mouvoir vers l'objet de leur bonheur, toujours restant dans un état de dépendance à l'égard de l'auteur de leur être. Tout ce que l'on avance pour prouver l'ordre que Dieu a mis

& conſerve dans les corps, convient auſſi à celui qu'il a établi parmi les êtres intelligens ; & le Créateur ne connoîtra pas moins, & n'aura pas moins de ſoin du monde intellectuel qu'il en a du monde matériel & ſenſible. Quant à ce que les déiſtes de cette claſſe diſent : que notre ame eſt mortelle, & qu'il n'y a point d'autre vie après celle-ci, pour peu qu'ils veuillent bien rentrer en eux-mêmes, vous les ferez revenir aiſément de leur aveuglement. Demandez au plus obſtiné d'entre eux, s'il peut imaginer que ſa penſée ſoit étendue. Il n'oſera vous dire qu'oui ; il ſeroit le premier à ſe mocquer de vous, ſi vous lui parliez de la moitié, du quart d'une penſée ; de la droite, ou de la gauche de ſa penſée ; ſi l'on ne peut pas dire de la penſée, ou de la faculté penſante (car ce ſont des expreſſions ſynonimes) qu'elle ſoit diviſible, ou qu'elle ait ſa droite & ſa gauche, ce ſera donc une ſubſtance

ſtance ſimple, indiviſible, incorruptible, qui ne pourra point ſe diſſiper, puiſqu'elle n'aura pas des parties, & qui par conſéquent ne peut être détruite que par un acte exprès de celui qui l'a créée ; mais voyons s'il convient à l'idée que nous avons de la bonté, de la juſtice de Dieu, de penſer qu'il veuille anéantir une ſubſtance intelligente & morale, telle qu'eſt l'ame de l'homme, & ſi au contraire il ne répugne pas à ces attributs qu'il le fît. S'il en étoit ainſi, ſous un Dieu juſte & bon, l'homme vertueux auroit gémi dans l'affliction, & le méchant ſe ſeroit vu comblé de richeſſe & de gloire, ſans que nous puſſions concilier une irrégularité auſſi étonnante avec l'idée que nous avons des attributs de la divinité ; mais s'il eſt une vie à venir, la vertu trouve ſa récompenſe, & le crime ſa punition; Dieu ſe montre juſte à nos yeux, & nous comprenons enfin que les deſtinées des hommes en ce monde ne ſont qu'un état d'épreuve emploié par Dieu, pour punir ou récompenser chacun selon ses vertus ou ses crimes.

Il me reste à vous fournir des armes contre la troisiéme classe de ces incrédules qui ne veulent rien admettre au delà d'une Réligion naturelle, qui enseigne la vie à venir, les peines & les récompenses, & ne veulent point approfondir les raisons de ceux qui croyent une Réligion révélée, bâtie sur ce fondement. Voulez-vous justifier à leurs yeux votre croyance, & leur faire voir que c'est la force de la raison, & non de l'éducation, qui vous détermine au choix de la Réligion Chrétienne? Faites attention qu'ils admettent déja la nécessité d'une Réligion naturelle ; Ils ne peuvent donc disconvenir que l'homme n'ait besoin d'une lumière divine qui le guide dans la carrière qu'il doit suivre, & règle ses devoirs envers l'auteur de son être. Livrés à nous-mêmes, nous ne pourrions jamais parvenir à rendre à Dieu un culte qui fût digne de lui, & où l'on rendît à lui seul ce qui n'est du qu'à lui seul. Une révélation de cette nature est tellement nécessaire à l'homme, qu'il répugne à nos idées de la bonté & de la sagesse de Dieu, de penser qu'il la lui ait refusée. Parmi toutes celles qui nous sont proposées, il ne s'agit donc que de chercher celle qui porte l'empreinte de la Divinité, & l'adopter ensuite comme la loi par laquelle Dieu a bien voulu se manifester à nous, nous apprendre ce qu'il est, & ce que nous lui devons; celle qui enseignera la morale la plus pure, offrira déja un caractère qui devra la faire respecter; l'ancienneté sera un autre préjugé en sa faveur: la Réligion Chrétienne a ces deux avantages. Il n'y a jamais eu de systême de morale aussi pur que celui qu'elle enseigne; elle est la plus ancienne, étant fondée sur celle des Hébreux,

dont

dont les livres sont sans contredit les plus anciens qui existent. Quant aux preuves de l'autorité des livres dans lesquels la Réligion Chrétienne est enseignée, nous les trouvons dans les témoignages de ceux qui les ont écrits, contemporains des faits qu'ils racontent, vivans avec leur chef, & témoins oculaires de tout ce qu'ils disent de lui; ils ne pouvoient pas se tromper sur ce qu'ils voyoient & entendoient eux mêmes; & il leur eût été impossible de tromper les autres, s'ils eussent voulu le faire; & comment auroient-ils pu concevoir un dessein aussi vain & aussi extravagant? Eux qui étoient des gens simples, grossiers, sans art, sans les moiens nécessaires pour séduire. On ne peut pas dire que ce fussent des fourbes qui avoient imaginé l'histoire qu'ils nous ont transmise; car, en ce cas, ils l'auroient surement mieux composée, & n'y auroient point laissé de ces contradictions apparentes qui ſont une preuve qu'ils ne s'entendoient point enſemble pour tromper le Genre-humain. Outre que ſi ce qu'ils diſoient étoit faux, ils ne l'euſſent point publié dans le même païs où il y avoit aſſez de gens en état de les démaſquer. Ils paroiſſent encor avoir eu ſi peu le deſſein d'en impoſer, que loin de cacher pluſieurs particularités qui ſont à leur honte, comme ils le pouvoient faire, ils dévoilent ſouvent leurs propres fautes, la baſſeſſe de leur naiſſance, leurs foibleſſes, leurs querelles &c. D'ailleurs la doctrine qu'ils prêchoient défendant le menſonge, ils ſe ſeroient condamnés eux-mêmes, s'ils euſſent été des impoſteurs. De plus, inſiſtant, comme ils le faiſoient ſans ceſſe, ſur la pratique de toutes les vertus, & annonçant par tout l'horreur & la condamnation du vice, leur Réligion étoit digne du Dieu qu'ils prêchoient, & ne pouvoit avoir ſa ſource dans des coeurs cor-

corrompus. Et que leur seroit-il revenu d'une telle imposture? Ils souffroient la pauvreté, la faim, les supplices, la mort même, & ne parurent jamais avoir le moindre intérêt en vue. Croira-t'on qu'ils aient pû aimer ce que tout le monde abhorre? Croira-t'on que Dieu qui est la bonté même, ait pu souffrir que les hommes aient été abusés par des témoignages surnaturels & irrésistibles, comme le sont ceux qui se trouvent rapportés dans ces livres? d'autant plus convainquans qu'ils appuyoient une doctrine digne de lui, & par là fourniroient aux chrétiens une excuse de leur erreur, si la Réligion qu'ils auroient adoptée, en étoit une? Comment! des imposteurs se font-ils égorger pour prêcher une Réligion qui condamne l'imposture? Considérez encor qu'à proportion de l'incrédibilité des faits avancés, ils sont appuyés d'une foule innombrable de témoins. Mais, dira-t'on, ces témoins étoient chrétiens ; & c'est précisement ce qui rend leur déposition d'un plus grand poids, car s'ils n'eussent point été chrétiens, nous n'eussions pas fait le même cas de leurs dépositions en faveur de la vérité, ne voyant pas qu'ils en eussent été convaincus eux-mêmes. En effet, si S. Paul & S. Luc fussent restés l'un dans le judaïsme, & l'autre dans le paganisme, tout ce qu'ils auroient pu dire d'avantageux de la Religion Chrétienne ne nous auroit point ébranlés. Que Denis l'Aréopagite, Clément d'Alexandrie & mille autres philosophes contemporains ayent cru & ensuite défendu leur croyance, cela est conséquent ; mais ne nous paroîtroit-il pas absurde que Suétone & Tacite eussent parlé avec partialité d'une secte qu'ils n'ont point adoptée? Cependant, n'est-il pas vrai que ceux qui ne réfléchissent pas assez à la force de ce raisonnement, seroient plus frappés d'un passage de Tacite

cite en faveur de la Réligion chrétienne, qu'ils ne le ſont de tant de volumes publiés par des écrivains autrefois payens comme Tacite & Suétone, mais qui s'étant rendus à la vérité, nous ont donné la plus forte preuve de leur conviction ? conſidération qui échappe ſans ceſſe au foible jugement de ces meſſieurs.

Je ſçais toutes les objections que l'on peut faire contre quelques dogmes particuliers de la Réligion Chrétienne, mais les principes que je viens d'établir, étant une fois admis, elles ſont des plus aiſées à réfuter. Le peu que je viens de vous ſuggérer pour répondre à ces trois principales claſſes de nos adverſaires, peut ſuffire pour vous faire voir la futilité des argumens qu'ils emploient pour nous combattre, & la facilité avec laquelle vous pouvez les réduire à ſe taire, lors qu'ils entament ce ſujet d'un air triomphant. Ne vous laiſſez donc point éblouïr par leur réputation, leur eſprit, leurs rail-

railleries indécentes ; bravez les traits du ridicule qui commencent à s'émousser, & ne craignez point de les rencontrer, armés du bouclier impénétrable de la raison. Sans doute que l'entreprise que j'ai faite ici de vous offrir des moyens de vous défendre, eût exigé une meilleure plume, mais quand des pandoures s'avancent pour piller une maison, il arrive souvent que le plus foible de la famille est le premier à courir pour fermer la porte. Mon zèle pour le bien de la Société m'a poussé à l'avertir du danger qu'elle court, si ces destructeurs de la Réligion Chrétienne vont sans cesse gagnant du terrein. Unissons-nous donc, mes amis, pour faire face à l'ennemi commun, avec le même zèle du moins & la même ardeur avec lesquels ils nous veulent ravir ce que nous avons de plus précieux. Quoi donc ! une race malfaisante viendra nous enlever le moien le plus efficace de consoler l'homme

dans

dans ses disgraces, de soutenir par l'espérance le sage opprimé, & de contenir le méchant par la crainte; Ils chercheront à nous priver d'un bien si utile, sans nous offrir un équivalent; ils se porteront à cet ouvrage avec une opiniâtreté sans égale, & nous qui avons un intérêt si grand à les en empêcher, nou ne nous y opposerons pas, au moins avec la même vigueur? Nous les laissons par tout maîtres du champ de bataille? Nous verrons que l'époque de la confusion & de la ruine de nous, de nos enfans, doit commencer dès l'instant où la Société admettra leur exécrable doctrine, & nous la contemplerons d'un oeil tranquille se communiquer comme une peste destructive, d'esprit en esprit, de familles en familles? En vérité, sages Chrétiens, je suis honteux pour vous de la sécurité que vous faites paroître à cet égard; vous avalez avec avidité le poison que l'on vous présente, Vous prêtez l'oreill'oreille à un auteur qui vous amuſe, & que vous aimez à croire, parce qu'il flatte vos paſſions, & faute de curioſité ou d'occaſions d'examiner les raiſons que l'on lui oppoſe, vous ajoûtez foi à ſes faux raiſonnemens, ſeulement parce qu'il vous eſt plus commode & plus agréable de les admettre; & parce que tel écrivain montrera beaucoup d'eſprit, vous étes portés à penſer qu'il doit toujours avoir raiſon. Mais qu'il emploie tout ſon eſprit & toute ſon induſtrie à perſuader les perſonnes ſans moeurs, qu'elles doivent renoncer à la Réligion de leurs peres, & que je réuſſiſſe ſeulement à mettre devant les yeux des gens ſages le petit nombre de raiſons que je viens de repréſenter, & je défie tous ſes efforts réitérés, ſes brochures & ſes répétitions continuelles qui commencent à fatiguer, de produire l'effet malheureux qu'il en attend.

Je vous prie, ô Chrétiens, qui lisez ceci, de réfléchir sérieusement sur ce que je viens de vous dire; si vous avez à coeur votre propre bonheur, celui de vos enfans, le repos de la Société dont vous êtes membres, gardez-vous bien de donner la moindre entrée dans vos coeurs à la pernicieuse doctrine de nos ennemis, non pas même à un de leurs argumens. Quand un seul voleur parvient une fois à forcer la porte, c'est en vain qu'on prétend défendre l'entrée à la troupe qui le suit.

Enfin chaque individu fait partie du public, d'où l'intérêt public devient en un certain dégré celui de tout particulier: je n'ai donc pas du voir se répandre parmi nous un feu dévorant qui peut causer tant de mal à la Société, sans sonner le tocsin sur ces dangereux incendiaires, dont j'admire d'autant plus l'ardeur infatigable, qu'ils ne paroissent pas avoir grand intérêt à voir réussir leurs

leurs desseins ; & que nouveaux Erostrates ils semblent ne vouloir exciter un si grand embrasement, qu'afin de jouir du plaisir frivole d'acquerir un peu de célébrité.

REIMPRIMATUR.

Assistens Sancti Officii Taurini.

V. Franciscus Ferrerius Collegii Theol. Præses.

Vu soit imprimé.

GALLI pour S. E. M.r le Comte CAISSOTTI de S.te Victoire, Grand Chancelier.

www.ingramcontent.com/pod-product-compliance
Ingram Content Group UK Ltd.
Pitfield, Milton Keynes, MK11 3LW, UK
UKHW022145190726
13855UKWH00003B/1341

9 782013 540407